달의 씨앗

황금알 시인선 58

달의 씨앗

초판인쇄일 | 2012년 9월 10일
초판발행일 | 2012년 9월 28일

지은이 | 김명린
펴낸곳 | 도서출판 황금알
펴낸이 | 金永馥
선정위원 | 마종기 · 유안진 · 이수익 · 문인수
주 간 | 김영탁
편집실장 | 조경숙
표지디자인 | 칼라박스
주 소 | 110-510 서울시 종로구 동숭동 201-14 청기와빌라2차 104호
물류센타(직송 · 반품) | 100-272 서울시 중구 필동2가 124-6 1F
전 화 | 02)2275-9171
팩 스 | 02)2275-9172
이메일 | tibet21@hanmail.net
홈페이지 | http://goldegg21.com
출판등록 | 2003년 03월 26일(제300-2003-230호)

©2012 김명린 & Gold Egg Publishing Company Printed in Korea

값 8,000원

ISBN 978-89-97318-23-0-03810

달의 씨앗

김명린 시집

황금알

| 시인의 말 |

나는 허공에 띄워 놓은 연이었다

얼레였다

그들 사이를 수없이 오가는 눈 없는 바람이었다

2012년 여름
김명린

차 례

4부

1부

나무는 지금 검색 중

겨울 동안 바람을 키우던 나뭇가지가
추위 가득한 새순을 틔웠다
계절의 문을 여는 나무들
봄이 점점 자란 손바닥 모양의 잎들은
밤이면 별들을 클릭한다
큰곰자리 작은곰자리 목동자리
시력이 닿는 곳까지 나가
몇 개의 신생 별자리를 데리고 온 아침
반짝거리는 햇살을 부려 놓는다
깊은 어둠을 더듬던 가지가 가장 밝은 아침을 맞는다
긴 수로를 헤쳐 온 가지의 끝은
작은 풍력만 닿아도 밑동까지 햇살을 실어 나른다
하룻밤의 어둠이 빠져나간 자리로
굵어진 더위를 내려보내며
날짜들을 우수수 털어 내는
바람의 모퉁이에
새들의 블로그가 만들어져 있다
바람 잔잔한 날
별자리 사이를 굴러다니며 잠들어 있는 이파리들

자면서도 물을 따는 손들이 있어 떫은 열매들이 자란다
바람의 길을 탐지하는 어린 가지들
지금도 허공을 검색 중이다

봄바람이 수면의 표정에 들 때

해풍을 품고 있는 노송 숲에
저녁이 구부러진다
몽글 거리는 저녁연기가
간간한 간수 물과 만나 두부처럼 응고되는 마을

연분홍으로 태어나는 것이 어디 선택의 기울기에 있었
겠는가

기댈 곳 없는 나뭇가지들이
휙휙 거리는 바람 소리에 의지하듯
어린 초희가 어깨너머로 익힌 문장들이
훗날로 몰려가 휘청거릴 줄 알기나 했을까
앞마당과 뒤뜰의 기척은 장독 속에 숨어 곰삭아 가고
창호지 문에 맹장지 그늘이 잠겨 있다
빈방에도 봄은 날아든다
난기류가 흐르는 수로에는 꽃잎들이 갇혀 있다
소리 없이 흘러가는 봄의 하루는 어디쯤일까
흐르지 못한 것들은 수심으로 잠긴다
이 봄, 그 어느 나뭇가지에서도 문 열지 말라는

바람의 대답이 화르르 흩어지다 짧다

퉁퉁 불은 봄날이 물 위를 떠내려가는
두부 쑤는 초당집 담 옆
흐르는 도랑물에
유리 파편 같은 봄날이 떨어져 반짝거린다

연

푸른색 바다 위로 여객선 한 척이 출발한다
흰 포말이 그 뒤를 따라 길게 풀어진다

망망대해에 떠 있는 배들은
왕복이라는 실이 감겨 있어 돌아오지 않는 배는 없다
간혹, 끊어진 연이 발견되기도 하지만
나뭇가지가 바람의 그물이라면
물의 그물에 걸려 오래 녹슬어 가는 배들도 있다

양력의 힘을 묻히고 날아오르는 연
멀어질수록 보이지 않는 힘
허공이 감아 가는 실의 힘이 뭉쳐지는 곳에
마침표 같은 한 점
장력을 당기며 회항을 권해 보지만
이미 실은 나침반을 벗어난 지 오래다

전화기 저쪽에 묶여 있는 말엔 잡음이 심하다
실 끊긴 여객선 터미널에서
바람이 묶일 때를 기다리는 저녁

목소리는 얼레를 감으며 다시 섬으로 돌아가고
캄캄한 것들은 다 어둠에 감겨 뭉쳐지고 있다

뱃길이 끊기지 않은 여객선 한 척이
흰 줄에 매달려 항구를 향해 날아든다

수염의 행방

깃털을 따라 계단을 오르면 바깥이 있다
바깥을 잠그고 있는
커다란 자물통이 걸려 있는 계단의 끝
문밖은 불안한 또 다른 안쪽인가
쓰레기들의 목록이 즐비한 계단
죽은 새의 껍질과 숨어서 찢긴 휴짓조각들
어느 막다른 일탈이 두근거렸을 옥상 문 앞
낮은 어둠을 어디에 가두어 놓았을까

방어막으로 뭉쳐진 눈동자와
우아한 연골들의 집합체
밤새 어디를 다녀왔는지
무슨 짓을 했는지 시침을 떼며
앙다문 입가 꽃수술 같은 수염
눈금자처럼 거리를 재는 저 몇 가닥 촉수에
조심스러운 어둠이 묻어 있다
지난밤의 행방은
저 빳빳한 수염에 모두 들어 있겠다
한 번 맛본 냄새는 관심 밖인 듯
수염은 또 다른 어둠을 더듬는다

실직

주인 없는 개가
먹구름처럼 빈 골목을 돌아다닌다
모든 개의 눈은 집 밖을 향하고 있다
묶인 말뚝을
대문 밖으로 불러낼 수는 더욱 없다

목줄이 부럽기만 한 배부른 개
누군가 부르면 흔들리는 꼬리에
각인된 주인의 목소리가 지워져 간다
누구든지 닿기만 하면
쓰라린 상처가 생길 것 같던
짖어맬수록 팽팽하던 목줄

얼마 전부터 흰 연기가 끊긴 굴뚝은
지킬 일 없는 빈집이다
열린 몇 개의 문들도 지금 실직 중이다
만삭의 떠돌이 개는
달아나는 빈 그릇에 긴 갈증을 담는다
한동안 눈도 뜨지 못할 목줄들이

헐렁한 젖꼭지에 묶이겠고
넝쿨식물들은 빈집을 꽁꽁 묶겠다
집에 딸린 문도 목줄 없는 개도
빈 맛의 살구 열매들도
오랜 실직의 날을 어슬렁거리다
툭 툭 지겠다

달의 씨앗

파도 소리가 밀려와 몇 그루 나무들이 밤하늘 별들을
쓸고 있는 해안가
밀려왔다 미처 돌아가지 못한 것들이 개펄에 든다
낱낱의 물들도 방향을 알고 흐름을 알아
홀로 들고 나는 물때를 본다
어떤 파동이 이곳까지 찰박거리는 물의 시간을 몰고
오게 했을까

민박집처럼 모여 있는 미루나무들
푸른 소리가 밀물처럼 든다
수백 개의 물길을 가지로 열어 두고
만조 쪽으로 귀를 기울이는 작은 잎사귀들
뱃길 끊기는 시각이 양 바람의 조바심이 수선스럽다
보고 배운 것이 들고 나는 물때뿐이어서
봄날엔 초록의 수문을 열어 두고
가을엔 갈색의 건기를 열어 놓는다
섬의 문들은 불빛을 방 안에 가두고
나뭇잎 제 몸 부딪치는 소리를 듣는 자정
잎끝에는 서서히 썰물이 빠져나가고 있다

밤은 개펄 물웅덩이마다 달을 심어 놓고
달의 씨앗 같은 조개들이 으적으적 모래 소리로 자란다

사막 문자

낙타의 등에 바람이 스친다
바람의 방향을 따라 눕는 털
사라진 경계들은 능선으로 누워 있고
지명을 우물거리는 턱뼈는
모래 거품이 묻어 있다
물소리가 말라 있는 곳
폭염의 발자국이 찍힐 때마다
파문의 무늬가 출렁거린다
순종의 유전자를 깜빡거리는 눈은
오래된 길의 안내문을 읽는다
바람의 문자들은
낙타들만이 읽을 수 있는
물 냄새가 가득한 상형문자
폭염을 싣고 한 무리 낙타들이
나무들처럼 등성이에 선다

하붑*이 몰아쳐
얕은 수심의 책장을 넘기면
얇은 루사에 묻혔던 걸음들이

회오리바람에 실려 물기둥처럼 솟아오른다
희끗희끗한 이정표가 된 낙타 뼈의 이야기를
낙타는 바람에게 구술한다

바람의 문장이 완성되길 기다리는 무릎은
굳은살로 박히고
등에는 불룩한 자등명自燈明*이 얹혀져 있다

* 하붑 : 모래폭풍.
* 자등명自燈明 : 자신을 등불로 삼는.

오카리나

몸의 폐관 주위로 부리들이 모여 있다
날개를 버리고, 두 눈을 버리고
발까지 버리고 얻은 지공들
텅 비어 있는 소리밖에 없어 늘
배가 고픈 새의 몸
입김을 불어 음역을 휘저으면
푸드덕 날아가는 소리

남쪽 하늘로 새들이 떼 지어 날아가는 철
몇 명의 사람들이 모여
낙오된 음표를 날리고 있다
가끔 불안한 기류에 이탈하는 소리
멀리까지 날아가는 소리의 길이 있다

소리는 구멍을 빠져나와도 달아나지 못한다
귓속으로 들어가는 저 투명한 날개
모든 소리에는 날개가 달려 있다는 듯
수백 마리의 박쥐가 매달려 있는 동굴 안처럼
달팽이관으로 날아드는 파장들

귀는 가장 작은 새들의 거처가 아닐까
고르지 못한 날숨에 휘청 이는 곡조들
새의 부리를 빌려
손가락으로 날려 보내는 곡曲
하늘에 일자 모양의 악보가 그려지고 있다

그늘을 밝히는 것들

장맛비가 멈춘 소아과 병원 앞
늘 컴컴하던 그늘이 지나는 눈길을 붙잡는다
느티나무 아래 무리로 서 있는
갈색 삿갓버섯들
한 점 흐트러짐 없이 꼿꼿한 자세로 사뭇 진중하다
무소유의 법회라도 열리는 중인가
물기를 머금은 자동차 바퀴들의
소리가 귀에 거슬릴 법도 한데
돌아보는 이 하나 없다

현관문에서 은애 또래의 아이가
안으로 들어가지 않겠다 반항하고 있다
영아워을 들어서면 형광등처럼
구석에서 환해지던 은애 얼굴,
순종이 몸에 밴 은애는
주사를 맞을 때 잠깐 얼굴을 찡그릴 뿐
아무렇지 않은 듯 버섯 같은 무게로 안긴다

어둠은 빛으로만 밝히는 것이 아니다

침식의 시간을 솟아오른 환생의 생명들
다음 생에는
마음 놓고 울어대는 매미가 되고 싶은 걸까
바랑 하나 없이
참매미의 설법에 넋 놓고 서 있다

어떤 일탈

흥에 겨운 한때
나비춤을 추고 있는 잿빛 장삼 자락에
속세의 가락이 묻어 있다
일탈이거나 변태이거나
거푸집에 들었던 몸의 의식이겠지
첫 비행 같은 어설픈 춤
스스로 바람이 되고 스스로 흔들리는 한때

나비가 활짝 피어난다
옆에 외벌을 두고
경직이 풀리는 시간
불경의 목청이 박혀 있던
목탁의 소리가 빠져나오고 있다
묵언과 고정의 고치를 깨고
여린 날개 한 벌이 펴지고 있다
온도를 찾아가는 날개는
오감의 통로 하나 열고 있는 고행의 시간
저무는 공중길을 훨훨 날아간다

벗어 놓은 옷을 기억 못 하는 일탈은
돌아갈 곳이 없다

정갈하게 접어놓은 승가리 한 벌이
저녁 예불을 독촉한다
나비가 날아간 길을 지우며 들어서는 어스름이
목탁의 공명으로 들어가고 있다

열리지 않은 문

지퍼가 벌어진 청바지
빨간 매니큐어를 바른 엄지발가락이 수면 밖으로 나왔다
헝클어진 머리카락을 바람은 간섭한다
키를 훌쩍 넘는 물길이 빠져나간 몸이 희다
윗옷이 걷힌 부풀어 오른 배에는
알 수 없는 사인의 시간이 들어 있다

허우적거리는데 마지막 안간힘을 다 썼을 몸
물에 젖은 며칠의 무게가 담긴 지금
땅으로 처지는 중력만 남아 있다
마지막 손짓인 듯 들려져 있는 한 포기 수초
문고리인 줄 알았던 것일까

더운 공기들이 여자의 몸에 달라붙고
몸은 꼭 닫혀 열리지 않는다
안절부절못한 소리로 구급차가 달려왔지만
운구의 시간은 이미 부풀고 있다
주변 풍경을 담는 렌즈에는
여름 한나절 그늘의 각도가 깊다

갑자기 세상의 모든 차 뒷문들이 닫힌다
어지러운 소리가 사라지고
남아 있는 의논들이 분분하다
자살인가 타살인가

묵묵히 말을 아끼며
수면을 닫아거는 어둑한 저수지

실크로드

고원의 샛길들이 물결무늬 스탬프를 몸에 붙이고
어디론가 흘러가고 있다
마을에서 출발한 몇 묶음의 봄이
설산을 오르고 있겠다

몇 개 옷과 향수가 든 소포 하나
반송되는 주소를 안고
저울 위에 앉았다
수신을 잃은 주소의 내용에
되돌아갈 길이 아득하다
아침부터 모여든 수백 통의 길들이
주소들을 외우는 동안
마방인 듯 소포를 가득 실은 트럭이 도착하고
하역되는 상자들의 귀퉁이마다
행선지 다른 일교차가 구겨져 있다

종이길의 분류가 바쁜 오후의 우체국
파미르 고원 어느 장터에 모여든 등짐들이 생각난다
도착지에서 뜯어질 주소들이

나귀의 등에 앉아 흔들리듯 구불구불 휘어져 있다
때 절은 여정이 물물 교환으로 바뀌는 곳
방울 소리도 잠시 풀어놓고
서로 다른 사투리들과 물건들이 교차하던 곳

나른한 가가호호들이 실리는 우체국 마당
졸음이 봄날 오후에 초인종을 누르고
남녘 온도가
흰 봉투들에서 새어나오고 있다

모텔 첼로

첼로를 고를 때면 눈이 빛나
활의 밀착에 따라 길게 짧게
아픔이 되다가 환희가 되기도 하지
표면이 매끄러운지
익숙한 경계의 등고선인지
소리의 순발력은
연주자와 악기가
둘이 하나 되는 타이밍
온도와 습도에는 민감한 반응을 하지
악기는 악기를 아끼고 사랑하던
연주자의 것일수록 소리가 좋아
첼로를 안고 앉으면
몸 온도는 자동으로 조절되지
차라한 기교와 대담한 표현은
코다이 음악의 최고조를 느끼는 순간,
그렇다고 최고만을 고집하는 것은 아니야
가끔 감미로운 곡조가 그리우면
끊어진 첼로 줄을 갈아 끼우고
모텔 첼로를 찾는 거지

2부

길

가슴에 각기 다른 추억을 담은
조문객들이 내리는 버스 정류장
은사시나무 한 그루가 조등처럼 푸르다
망자가 없는 날엔 텅 빈 주차장과
울음의 행간이 한적하다
흑, 백의 차가 나란히 서 있는 후일의 풍경이
잠시의 정체도 없이 차창 밖으로 지나간다

달은 서쪽을 향하고
습관은 늘 오른쪽에 앉는다

오고 가는 풍습이
산허리 흐르는 물줄기 같은 저녁이면
되감기는 법 없는 날들이
몇 통의 향불로 밤을 새우는 곳
지금 앉아 있는 이 지점은 어디쯤 되는 시간일까

외눈처럼 한쪽 어둠만 밝히는 산 아래는
문풍지 같은 졸음만 고이고

한쪽 주소만 씌어 있는 곳
급조된 경황에 훅 부는 입김이 여는 봉투
몇 장의 푸른 지폐가 넣어질 한 사람 몫의 여름이 덥다

매일 밤과 낮을 왕복하는 우리

아기 울음 닮은 벨이 울리고
오늘도 한 사람의 뒷모습이 내린다

실려 오는 바람

새벽 도로를 지나가는 트럭에서
졸음의 소리가 꾸벅꾸벅 난다
수시로 기어를 변경해야 하는 길
속도를 잃은 어둠이 모여 있다
길어지는 바람기둥을 끌고
탱탱한 바람의 종착에 이르면
목적지도 사라지고 덜컹거리는
소리만 적재함에 가득하다
상행과 하행이 만나는 중간 지점
길옆 과수원 배꽃들이 점점 무거워진다
무게는 중심에 매달려 익어 가고
앞만 보며 달리는 것들은
낙하의 길을 뒤돌아보는 법이 없다

바람이 달리는 도로변
양 갓길이 푸르게 흐른다

잠 못 드는 철제 대문의
날 선 신경이 간간이 헛기침하는 밤

빈 트럭에 실리는 빗방울이
툭툭 지는 봄밤이다

무릎

한 번도 접힌 적 없는 무릎뼈를 딛고
신갈나무 여름을 오른다
가지 잘려나간 슬개골 모양의 둥근 옹이
오르막이 빠져나간 저곳
그동안 흔들린 풍파가 검다
나무의 노동은
물을 긷는 일과 그늘을 만드는 일
가지들은 수맥을 짚으며 뻗어 나간다
사계절을 견디느라 힘을 소진한
진액이 빠져나간 자리
검은 그루터기마다 삐걱거리던 신음이 고여 있다
발자국을 지우는 일로 슬하를 키운 뼈마디가
엑스레이에, 마디와 마디 사이가 넓어져 있다
새순을 틔우지도 못하는 종지뼈
자주 흔들리지 말라는 붉은 처방전이 흔들린다
나무의 소리는 잎에서 태어나고
무릎 없는 어린나무들이 그림자로 숲을 뛰어다닌다
엉겨붙는 그림자를 떼어 놓으며
늙은 그늘은 어린 그늘을 업는다

벌레 자국으로 빛이 새는 이파리 한 잎 떨어지며
방향을 잡지 못해 비틀거린다
무릎의 소리는 혼자 늙어 간다

재건축 중

물오른 밑동을 잘라내는
전기 톱날의 볼륨이 점점 높아진다
툭 툭 쓰러지는 가지의 시간
고도제한에 걸린 플라타너스가
강제 철거를 당하고 있다
물씬물씬 싱그러웠던 꿈이 부스러지는 날
이주길에 오른 가지들은 희긋
넘겨다보이는 틈새로
서로의 안부를 묻는다
지낼 만하냐
지낼 만하겠냐
어린 가지들은 영문도 모르고
신이 나서 물구나무를 선다

공터는 늘 푸른 것들이 가로챘다

앙상한 새 골조 사이로
요가 학원의 간판이 들어섰다
어린잎들은 요가 학원에 등록했는지

외발로 흔들리며 중심 잡는다
완공을 서두르는 초여름 오후
햇살이 한창 용접 중이다

틈

　겨울에서 봄으로 오는 길목의 샛바람은 옷섶을 파고든
다 물은 논과 논 사이 농수로를 가득 채우며 흐르고 산
소 옆 할미꽃은 영정 사진처럼 환하게 피었다 밭둑은 파
릇한 색으로 도배하고 있다 만종리 손씨 할머니 독거의
흙벽은 겨울 칼바람 자국이 몇 줄 더 늘었다 양지쪽 흙
을 물에 풀면 얇은 벽지가 된다 갈라진 벽을 매질하면
봄볕이 황토색으로 달라붙어 말라 간다 다랑논마다 잠
긴 수면에 바람이 들 때마다 할머니 이마 닮은 물주름이
진다 청상에 오래 가둬진 고왔던 얼굴. 영정으로 남기려
사진사가 왔다 흙매질은 벽이 아니라 할머니 얼굴에 해
야 되겠다는 농담에도 온 얼굴의 주름들이 웃는다 따뜻
한 볕매질이 틈을 메워 주고 장독대 간장단지 실금에도
난꽃이 필 것 같다 세상의 모든 틈은 그 경사를 버틴 힘
이다 몇 마디 주름진 안부가 왕복하고 돌아오는 대답이
매끈하다

　논물 담은 액자에 바람이 잠잠하니 주름은 저절로 싹 펴
지겠다 어우러지던 것들은 그림자처럼 얼룩으로 남고 김
이 오르는 벽 앞, 홀로 지을 웃음이 환하게 피는 봄날이다

미라를 현상하다

뼈에 걸친 갈색의 껍질
옆구리 갈비뼈 자국이 선명하다
처진 듯 당겨진 목선 위로
머리카락 한 올 없는 머리통
동공은
끝이 안 보이는 어둠의 입구
엎드려 더듬어
먹구름 화산재 쏟아지는
폼페이 최후의 날 속으로 들어간다

불덩이에 묻혀 가는 아우성들
간곡한 신의 가호를 빌며
꿈이었으면 싶은 날
꼭 껴안은 고인의 묵어을
더 듣기가 미안하다
의식의 끝자락에서도
태아의 자세로 돌아간 모습은
또 다른 출구를 찾고 있는 것일까
10유로를 낸 건조한 눈빛들이

머리에서 발끝까지
닦을 듯 닦는 듯 쓸어내린다

어디쯤에서 지켜보고 있을까
이 옷의 주인은?

누워 있는 시간

제비꽃 꽃다지를 문고리인 양 뽑았다
기척이 없는 번지, 햇살 한 삽 떠내어지자
둥글게 부풀어 있던 시간이 바람 빠지듯 납작해진다

유골을 싼 한지가 조심스럽게 펼쳐지고
두골이 먼저 땅에 눕는다
이름을 써 놓은 종이를 벗겨 내며 뼈를 늘어놓는다
흰 종이의 사면에 바람이 불어 펄럭인다
노골로 누운 키가 풍채를 가름할 수 있는 길이로
알몸보다 더 알몸으로 누웠다
웃음도 주름들도
하얀 수염의 시간도 다 빠져나간 몸이 정정하다
한 번쯤은 저 뼈에 안겼던 이들이
둥그렇게 서서 내려다보고 있다
민망함도 부끄러움도 모르는 육탈된 몸

누워 있던 시간이
서 있는 시간과 만나는 짧은 파묘의 시간

햇살을 꾹꾹 밟아 이장을 마쳤다
어둠은 산 자나 죽은 자나 누워 있어야 하는 시간
산에서 내려가는 다리에 풀씨들이 옮겨 붙는다

慶州金公卿學之墓

두 번째 무덤
오늘은 뼈가 사망했다

울음의 방

밤을 넘기기 어렵다는 진단에
만사를 제쳐 놓은 시간이 모여드는 병실
한 마리 애벌레처럼 그녀가 침대 위에 누워 있다

타지에 가 있던
막내딸 아이가 들어선다
죽은 듯 굳었던 그녀의 얼굴 부위가
엷은 웃음으로 녹는다
빛이 나기 시작하는 눈
딸의 얼굴을, 흩어진 머리카락을
목선, 어깨, 손등, 발뒤꿈치까지
놓치지 않으려는 각인의 시간
눈의 갈증이 몸을 지탱하고 있다
스트로우 속을 통과하듯
빛을 빨아들이는 눈
마지막 먼 곳의 시력들까지 불러다
부릅뜨는 눈의 끝

이제 감겨 줘야 하는 시간이다

감기지 않은 눈을 검버섯을 키우는 손이 쓸어내린다
이승과 저승 사이에 흰 커튼이 쳐진다

살아 있는 집

30년 전 죽은 주인의 문패를 달고
지은이의 지문을 보존한 채
무너져 가는 시간을 받들고 있다
처마 밑 각목에는
삐죽삐죽 튀어나온 벌건 못이
구부정한 허리로 물구나무선 채 처소를 지킨다

사랑방에 살다 간 작은마누라 명자 엄마
옹기장수 화자 아버지
첫째 딸 친정살이하던 방문을 지나
버티고 선 기둥을 믿으며
독거 노인 저녁 도시락이
꾸물꾸물 기어들어간다
마루 위에 관절 앓는 소리 이중창을 부른다
윗동네 혼자 사는 할머니
성폭행한 젊은이가 잡혔다는데도
덜그덕 덜그덕
문고리 잠그는 소리 길다
캄캄한 방 더듬어 자리에 누우니

딱, 따악
집 관절 앓는 소리 어둠을 밝힌다

바다 문자

고깃배에서도 컴퓨터 자판이 어른거린다는 맹씨
염분기가 가시지 않은 손으로
그물에 올라온 고기들을 빼낸다
그동안 물고기의 이름들은
입으로만 부르던 생업이었다
뒤늦어 더 팔딱거리는 학습은
뱃머리에 앉아 잠시 쉬는 시간도
수평선으로 누웠던 단어들이 너울로 떨어져 내려온다

가자미 광어 놀래기 고등어 우럭 명태
폭풍우에서 먹물 바이러스로 가려지는 자막들
한글을 연습 동작으로 거둬들이는 생선들처럼
자판으로 빠르게 단어들을 건져 올린다
그물에 걸려 벗겨지는 비늘인 양 팔다리 없는 글자들이
미끄덩 자꾸 손끝을 빠져나간다
수평선에서 문장은 다시 시작되고
띄어쓰기 틀린 물보라에
기우뚱거리는 목선은 바람의 꼬리를 잡는다

까치놀 붉고
십여 가지의 글자들이 수조 속에서 꼬리를 흔든다
물이 고이지 않는 바닥은 깊이를 알 수 없다고
지우개 같은 흰 포말이 백사장으로 몰려간다

목선은 항구에 들고
저 멀리 망망대해가 전원을 끈다

폭우

섬광이 푸른 어둠을 가른다
빛의 비명에 고막이 방향을 잃고
감전된 듯 몸이 둥글게 말린다
베란다 난간에 매달린 빗방울의
놓지 않으려는 마음이
난간의 철재에 구부러진다
사력死力을 다해 매달리면
닫힌 문이 열릴까
비탈을 내려온 것들은
도로 가장자리를 붙잡고 앞다투며 모여든다
자포자기는 쓰레기처럼 부유하고
구겨진 마음들은 허한 깡통으로 떠밀린다
홀로 비티는 돌덩이
지존심의 무게기 조금씩 물의 무게에 밀린다
소리가 점점 커지는 도로
가드레인을 친 맨홀 뚜껑이
정해 놓은 규격만 통과시키는데
걸러진 속 무리
새로운 규제를 들먹이며 반란을 일으킨다

시화호

수런거리는 초록 언어들
시화호의 박동이 넓어진다
물의 기도가 자라는 곳

길게 흐르는 물길 따라 흰 구름이 쉬어 가고
작은 물새 부부 먹이 따라가는 걸음이 바쁘다
흰 날개 퍼덕이는 백로 한 쌍 내려앉으니
작은 새들 놀라 둥지로 돌아간다
유년의 논둑이 구부러진 시화호 너머로
바람은 향기로 바다의 소식을 전해 온다

목마른 것들이 모여드는 늪지
갈증의 의미는 바램이겠다
바램은 기억을 이곳까지 데리고 왔을까
갈대숲의 사슬은 고리를 늘여 가고
빛은 초록의 연금술사가 되어 대지를 달린다
덮일수록 아름다워지는 늪

풀벌레도 잠드는 새벽
흔들리는 별빛에 물새알 알록달록 여물어 간다

덫

벌써 다섯 번째
도둑은 재미 들었나 보다

너를 유인해 볼까
독한 계획을 세운다

매미 소리 경보 사이렌처럼 요란한 날
꼬리연 같은 검은 녀석이 내려온다
다리를 묶어 놓은 닭,
몇 번을 낚아채다가
포기하고 닭을 쪼기 시작하는 놈
닭 가슴에서 내장을 꺼내 휘두른다
누가 빼앗을세라
다 잡아 문다
흥분된 피 냄새에 신분도 잊었나 보다
탕?… 먼지가 바람으로 일어선다
명중이다
죽어간 닭들의 날갯소리가 메아리로 퍼덕인다
깃털 하나 느리게 떨어진다
쉬운 것에 익숙해질 즈음,

3부

허공을 모자이크 하다
― 사모크라 니케상* 앞에서

날개를 펼치며 내려선 모습은
부서졌던 몸뚱이 천육백 조각을
붙여서 재현한 것이라나
얼굴은 바람이 가져갔을까
얼굴과 함께 어두운 몸 밖,
몸뚱이만이 환하다
이제는 기억나지도 않을
상상 속의 얼굴을 그리며
파편의 몸으로 시간을 지탱하고 있다
모든 시선은
허공 속의 얼굴을 응시한다
거울에 줄지어
비치는 수많은 권태의 얼굴들
나를 기억하는 구겨진 표정 하나
마주치자 얼른 표정을 지운다
그러고 보니 지나온 아침들은
남모르는 어제를 미간에 세기는 일이었다

승리의 미소는 말을 달리고

말발굽 아래 이천 년 전 절규가 끌려간다

* 사모크라 니케 : 파리 루브르박물관에 있는 얼굴 없는 동상.

담쟁이의 건축법

동글동글 발가락 빨판들이
절벽을 기어오른다
작은 웅덩이에는
촉수의 줄기를 꼬불꼬불 말아 넣었다
내려갈수록
섬유질만 남은 발가락들
넝쿨 중간 중간을
벽에 붙여 놓았다
발가락들은
물을 모으고 있는 것이 아니다
건기를 유혹하고 있다
자신의 수액을 벽에 주며
흡착되어 하나가 되는 수분 주입 공법,
돌담 위
또 한 층의 여름을 쌓아 올린다

모나리자에게

당신에게 익숙해 있는 건 아닐까요
처음 발 딛는 파리에서 그대를 만나러 가는 길은
레일 위 덜컹거리는 기차 화차만큼이나 속도가 느려요
한 걸음 한 걸음 가까워지면서 멀리 보이는 당신의 자
리엔
벌써 많은 무리의 사람이 모였군요
삼면을 줄로 막아 놓고
큐피드의 화살을 쏠세라 방탄유리로 덮었네요
그 안에서 한 발자국도 나오지 않는 당신
어떡하면 당신과 가까워질 수 있을까요

9,000km의 하늘을 날아와
당신과의 20 미터 거리를 두고 서 있어요
모나리자─(레오나르도 다빈치) 어느 녹색 날
시험지 답안에 당신의 이름을 써넣었던 순간부터
우린 만나야 할 운명이었죠
기억 속에 있는 당신보다
오늘은 더 조그맣고 어두운 표정이군요
반가움이, 설렘이

저만치 나동그라져요
5세기 동안 지켜본 그 눈빛으로
당신도 내게서 눈을 떼지 않는군요

당신의 미소보다
빛나는 눈이 돋보이고 싶어 눈썹을 감추었나요?

봄을 우리다

햇빛이 봄을 우리고 있다

봄날의 여정이 천천히 풀린다

지난여름의 폭염과 가을의 바람, 로진느 향기를 찾던
입술 자국들이

꽁꽁 언 겨울을 풀어헤친다

먼 초록들을 창가로 불러들인다

노랑, 분홍, 초록

넝쿨장미 담을 넘는 소리가 유리 주전자 속에서 끓고
있다

유혹

무당벌레 노랑나비가 윈드 투어의 안내를 받아요

초록의 기류들이 왕성한 날엔
분홍들이 여행을 떠나는 날이에요 가시나무 새처럼
마지막 아름다움을
햇살보다 더 환한 색으로 뿜어요

"우리 밤이 낮처럼 밝아지도록
함께 등을 켜 볼까요
종착역까지는 아직 시간이 남았어요"
반딧불 신사가 말을 건네요
30km 40km 50km
시간의 속도는 느낌의 속도로 달릴 거예요
팔을 벌리면 더 많은 바람을 안을 수 있어요
아카시아가 멀미를 부추겨요
푸른 휘장의 마차는
안단테 칸타빌레
안단테 안단테 아첼레란도
휙휙 지나가는 흰 구름은

밤낮없이 어디로 달려가고 있을까요?
가슴을 벌써 당신 곁에 섰는데
머리가 아직 멀미를 하네요

상수리나무숲의 가을

매미 허물 벗어 놓고 떠난 자리에
햇살이 갈잎을 헤집는다
부서지는 갈색 소리로
발등이 묻히는 상수리나무숲

따악 딱
등 뒤로 도토리 떨어지는 소리가
가을의 고요를 깨뜨린다
나뭇가지를 돌아서던 바람은
도란도란 도토리 줍는 부부의
등 굽은 소곤거림이 궁금해
바싹 옆에 갈잎을 내려놓는다

탈피脫皮
자란다는 것은 한 겹씩 옷을 벗는 일인가

봄을 틔우는 씨앗과
해마다 낙엽을 키우는 나무들과
졸졸로 시작되는 계곡물

모두 한 겹씩 벗는 부화라고
검은 청설모가 건너뛴 나뭇가지는
하늘을 긁적이며 일기를 쓴다

닭발

연탄불 위 발들이 발목을 곧게 편다
가느다란 뼈에 뿌옇게 붙은 살가죽은
수분을 놓아 주며 뼈를 향해 뒷걸음친다
자글자글 기름진 삶은 시간으로
게워 놓으며 몸을 지탱하던 힘줄이
남아 있는 힘을 다해 방향을 뒤튼다

바쁘게 동동거리던 긴장이
허둥지둥 헤매던 긴장이
우르르 우르르 몰려다니던 긴장이
전깃불이 달을 가려
날 새는 줄 모르고 먹었던 긴장이
별똥별로 떨어진다
그러고 보면 긴장이 숨었던 곳은 액체 속이었을까
눌리던 무게에 소진해 버린 골수는
안데스의 바람 소리가 날 것 같다
입김에도
후두두 날리는 마디들
퍼즐 조각으로 내려앉는다

비릿한 식욕

문이 열리고 버스에서 내리는 사람들은
어시장으로 몰려간다
차양 아래의 푸름은
금방이라도 파도칠 듯한 바닷빛이다
다양한 어종이 헤엄쳐 와
붉은 함지박 안에서 펄떡거린다
저마다의 물빛을 내는 아가미들 위로
야생의 눈빛들이 달라붙는다

검은 비닐봉지 속을 부풀리는 식욕들
캄캄한 저 속에서도 파닥거리는 바다 몇 마리

아가미 같은 버스 문이 열리고
줄줄이 오르는 행락객
버스 안에는 금방 차오른 밀물의 시간인 듯
비늘이 달라붙은 한 마리 물고기처럼 달리는 버스
뽕짝 메들리는 비릿한 냄새를 실어 나르고
소금에 절인 한물가고 있는 생선들과
아직 힘이 남아 파닥거리는 생선들

때로는
싱거운 싱싱함보다
소금기 머금어 숙성된 속살이 훨씬 맛이 깊다는 듯
어둑한 버스 안에는
"나이 묻지 마, 이름 묻지 마, 주소도 묻지 마"
유행가 가사에
그물망의 출구를 찾는
비릿한 중년의 막춤이 꿈틀거린다

동행

열매를 수확하는 계절
광대한 자연은
가끔 사람을 미미한 존재로 몰아세운다
흘림골 칠 형제 봉우리를 감아 오르는 등산객 행렬
나란히 발자국 남기는 일이 생의 목표였다는 듯
무언의 언어로 사슬처럼 산을 감는다
만불상의 전설은 메아리로 스며들고
햇살이 눕는 계곡의 그늘에는
지나는 시선이 은밀을 캔다

여심폭포의 물은
동해를 향해 몸을 뒤틀고
손 놓기 싫은 계곡물은
오늘 밤 더 밝은 달 띄우려나
설악산 낮달을 헹구고 있다
흐르는 것들은 늘 이별하며 산다
또 다른 만남이 계절처럼 돌아오는
보내는 이별은 슬프지도 않겠다

산딸기 찔레꽃 자라는 곳은
기억의 순환이 쉬어 가고
되돌릴 수 없는 물길을 따라 긴 하산길이 흐른다

꽁초들의 이야기

공원 벤치에 담배꽁초들이 오종종 모였다
풀물든 꽁초들이
담뱃값이라도 벌 수 있어 다행이라고 서로들 끄덕인다
건널목 건너던 샐러리맨 꽁초
남은 초록의 시간이 지루한 듯
옆 차선 지나가는 차들의 명암을 읽는 여유를 부린다
실연당한 꽁초에게 우체통은
고민은 빨리 내게 맡기라고 얼굴 붉히며 눈총을 주고
저녁 회식 자리
재수 없는 상사가 따라 주는 소주를 마신 꽁초가
소주를 병째 들이키며 먹는 척 흉내만 내는 꽁초에게
야! 넌 물이나 먹어
술기운에 목청 높이다 재떨이에 피시 코 박고 꼬부라
진다

방금 노래방 계단을 내려온 꽁초가 16살 핫팬츠 허벅
지를
올려보며 윙크를 보낼 때
어둑어둑한 아파트 공사장을 나온 외국산 꽁초가
슈퍼 앞에서 말보루를 불러낸다

억새밭

간월재를 넘던 달빛이 가로수 구름 사이를 빠르게 지
난다
벼랑은 바람의 등을 밀고
세를 몰아온 남풍과 북풍은 숨 고르기를 한다
흔들리는 종족이 모여 사는 바람의 길목
기류의 이탈은 또 다른 소리를 끌어들인다
작은 바람에도 귓불을 달구는
일파만파 자라는 소문
관심 밖에서 자란 뿌리들은
척박할수록 응집의 결속이 단단하다
여린 것도 무리 속에서는 숨소리가 거칠다
숨어 보는 눈에
흔들리는 것만큼 탐스러운 것이 또 있을까
소유의 욕망은 중심을 엿보는데
작은 불씨라도 만나면
활활 타고 싶은 무리
아이디 '갈대'로 하늘에 댓글을 쓰고 있다

서해의 일출

빛줄기에 매달려
오렌지빛 물 위를 뛰어오르는 생명

해는 서쪽을 향하고
소사나무 끝 검은 새 한 마리 움직임이 없다
들어오는 밀물을 바라보는 것일까
아니, 이동해 가야 할
바람의 방향을 감지하는 것일까
홀로 맞는 새벽은
외롭다는 단어가 사치스럽다
새벽을 깨우며 돌아오는 발자국은
지난밤을 찾으러 가는 저녁
눕고 일어서는 일이
어디 대신할 수 있는 일인가
알람 소리에 놀란 잠처럼
밤을 털어내는 아침

검은 펄 위로 붉은 하루가 들어선다

분리分離

아이의 표정이 굳어진다
여유를 부리던 허세도 다 소진되었나 보다
안녕의 손바닥으로 눈을 가리며 돌아선다
눈으로 모이는 뜨거움
선을 넘는다
주위는 아랑곳하지 않고
상승한 온도를 식히는 시간이 길어진다
탯줄을 잘랐을 때에도 나누어진 느낌이 없었던 기억
한몸이었던 적도 잊은 채
20년의 밤과 낮을 함께 맞은 모자母子,

한쪽 발이 공항 문턱을 넘는다
로켓이 본체에서 분리되는 듯
몇 미터의 허공을 유리문이 닫힌다
잘려나간 온기 자리로 염분이 빠진다
깊어진 골에
또 다른 간수의 사랑을 채워야 한다
어떤 사랑이 새끼 사랑을 따를까

되돌아오는 보도 위
2월의 바람이 모두 품 안으로 달려든다

4부

여름 연못

연잎 숲에는
연초록 수직들이 보초를 선다
물풀 위 청개구리
무거운 눈까풀 내리감고
세 시의 정적은
잠자리의 날갯짓도 조심스럽다

둥근 잎들은
바람의 무게를 햇살의 무게를
떨어진 꽃잎의 무게를 저울질하다 수평만 담아 놓는다
내려다보는 세상 얘기
흰 구름이 속살거리면 나란한 아래는
바람도 잠드는 잔잔함이 머물고 고요 속에는
진흙탕도 정화되어 맑은 물이 된다고
동그란 웃음으로 화답을 한다

연밥 차려놓은 꽃잎
하늘 강에 닻을 올리고 구름 따라 길 떠난다

입영날 스케치

수묵의 발들이 연병장으로 들어선다
행운을 가져온다는 시작 첫날의 눈
궂은날을 하얗게 덮으며 위장을 한다
흰색인 척 날리는 눈 사이를 떠다니는 환호들
눈송이는 점점 몸을 늘이며 시야에 연막을 친다
눈사위는 중심을 잃는 듯 가슴을 파고들고
빠르게 시침은 눈금을 건넌다
따사로운 기운에만 잎을 열던 활엽
겁먹은 얼굴로
겨울 안으로 사라진다

보초를 서고 있는 소나무 위로
수북수북 눈이 쌓인다
침엽 끝에 맺히는 방울들
눈물을 먹으며 지키는 청청靑靑

꽃인 척 흰 꽃인 척
내리는 물의 꽃이 마구 흩날린다
흐르는 모습은 보이지 않으려

앉을 자리 찾는 척 두리번거리는 눈송이들
연병장 옆 도랑을 데운다

물랑루즈

빨간 풍차로 들어가려면
코트는 벗어야 해요
카메라도 안 돼요

허방의 어둠이 빨강 조명으로 사라져요
소름들이 타들어 가요
캉캉이 꽃으로 피네요
사관과 신사
사관들이 왈츠를 추네요
보물섬으로 가는 배에는 애꾸눈 선장이 탔어요
나비 날개를 달면 사람도 벌레가 되지요
길쭉한 몸통이 애벌레만큼 보드라워요
어머, 봉곳한 젖가슴들 좀 보세요
하얀 언덕 가운데 꽂힌 꼭지
삼각형으로 위를 향한 꼭지
아래로 처진 듯 둥근 포물선 끝에 달린 꼭지
닮은 듯 닮은 듯하지만 모두 틀려요
쭈욱 내밀며 거들먹거리네요
뒤돌아가나 했더니

어머! 눈 깜빡할 사이 홍학이 되었어요
긴 다리에 붉은 벼슬
꼬리를 높이 들어 올린 모습은
백작부인의 걸음이에요
그게 아니라구요?
찰랑 돌아서 흔들리는 두 쪽 엉덩이는
손으로 받쳐 주고 싶네요 말랑거릴 거예요
은빛 장식의 아라비안나이트 공주님은
흔들리는 허리가 부러질 것만 같아요
풍차 나라에서는 옷이 몸을 입어요
하나 둘, 열, 스물, 서른, 쉰
옷에 매달린 알몸들이
하루살이처럼 불빛을 향해 달려가요
거리낌이 없어요
체온계의 눈금이 올라가네요

마리오네트 공연

직선들이 모인 지휘봉 끝
찰나의 낙하를 기다린다
소리길은 곡선을 따라나서고
사라지는 선을 소리가 뒤따른다
열병하듯
지나가는 숨겨진 길들임

소리는 동작을 조율하고,
춤은 약속을 허공에 그린다
졸린 듯 되새김질하는 악보를 따라
시침은 가늘게 떨리는 곡을 잠재운다
헤드라이트 불빛은 멈출 곳을 향해 달리고
공연 끝난 발들이 집으로 끌려기는 보도 위
흰 달빛이 나뭇가지의 각을 세우는데
낙엽의 공연이 막 시작된다

수직의 교류

능선을 내려선 구름이
골짜기와 마을을 덮으며 강으로 머문다
운무 위 새벽 햇살은
한 줄기 스포트라이트로
유니콘이라도 태어날 듯한 구름연기를 피워 올린다
침입자 같이 솟아오른 산봉우리,
속 다를 것 없다는 듯
친숙한 푸름을 유유히 펼치는 창공

"와~ 호수인 줄 알았어"
위층의 목소리가 지나간다
어리기만 하던 아이가
문득 청년으로 앞에 선 것처럼
산그림자 뒤
앞산이 우뚝 솟아 있다

산허리를 감아 도는
구름은 제 몸 녹여 숲을 키우고
숲은 푸른 수문을 활짝 열어 놓는다

실루엣

키 낮은 철쭉나무와 현관 문턱 사이를 거미가 줄을 잇
는다
뜨개바늘이 코를 늘여가듯 여덟 겹 다섯 겹 세 겹줄이
한 줄로 모이며 둥근 그물을 매달아 놓았다 지난밤
강풍에도 끊어지지도 않은 채 진물이 흐르는 나방 몸통
을 바비큐처럼 달고 있다 깨알만 한 새끼거미 두 마리가
깔짝깔짝 핥다가 간다 교대로 팥알만 한 거미가 나오더니
두 발로 잡아당기다 뒷걸음질치고 콩알만 한 거미는
기다란 다리로 덥석 잡으며 나방의 몸통을 줄여나간다
유독 검고 제일 큰 거미는 먹이에는 관심이 없는지
열심히 거미줄 곳곳을 기어 다닌다 발 갈퀴로 거미줄
을 끊어질 듯 잡아당기며 뛰는 듯 선 듯 뛰는 듯 선 듯
가다가 줄이 끊이져 구멍이 뚫린 곳에 멈추었다
뻥 뚫린 곳을 빙글빙글 돌더니 거꾸로 공간을 가로지
른나
거미가 그물을 깁고 있다
허공을 깁고 있다

폭풍우 지난 후 지붕 위를 서성이던 그림자처럼

두물머리

새벽 물안개가 강물에 몸을 섞고
마부하이
꾸무스 따꺼
살라맛 뽀
오가는 인사 사이로 발음이 희석되고

흐르는 눈들은
유모차의 고정된 눈동자에서
무언가 다름을 찾으려 날을 세우고

강과 강이 만났던 메소포타미아의 문명,

북한강과 남한강이 합치는 한강의 물머리
고목에 기대는 석양빛에
다문화 가정의 기념 촬영이 이어지고
부부의 하얀 치아가
아기에게로 향하는 모습을 렌즈가 포착한다

반짝 아기의 눈에 담기는 두 개의 노을

내용증명

저울대 위에 증명의 기록을 올려놓으면
벌거벗은 사생활의 수치가 올라간다
원본과 복사본, 무게는 모두 같다
삼부의 편지는 삼각관계를 요구한다
작은 소문에도 펄럭이는 내용들
각기 다른 수취인들은 머리를 맞대고
같은 스탬프잉크를 나누어 가진다

똑같은 내용이지만
어느 한 쪽은 흐릿하고
어느 한 쪽은 선명하다
예의는 겉을 포장한다
정중함으로 밀봉해도
귀하貴下는 늘 바깥 말미에 있다
한 줄 주소에도 때로는
캄캄한 내용이 들어 있다

번호표로 차례를 기다리는 사람들
사연들을 밀봉한 봉투들 같다

아니, 각자의 주소로 천천히
떠나는 중인지도 모른다

낱장의 내용을 펄럭이는 가로수의 가을
아스팔트 위에서 무게를 재고 있다
바람의 주소가 길고 차다

바랄*, 그 고향

떨어지는 단풍잎이 물 위에 계절을 둥글게 그린다
살아간다는 것은 늘 채우러 떠나는 길

흐르면 서로의 만남은 한몸이 되기도 하지만
색깔까지 바꾸어야 할 때도 있다
속도는 소리를 키우고
내리막에서 추락의 바닥을 맛보기도 한다
잉태의 시간으로 머뭇거리기도 하지만
멎은 듯 머묾에도 부유는 흐른다
낮은 곳으로의 희망은 넓이에 대한 동경
마법이라도 걸린 듯
벼랑 끝에서도 멈추지 못하는 것은
지나온 자리로 되돌아가기 싫어서이다
기록된 자리는 지우고 싶기 때문이다
향로봉*을 오를수록
곧은재 계곡의 물줄기는 점점 가늘어진다
돌 틈 속에서 가느다란 물줄기가 수줍은 듯
밤나무 아래로 시선을 밀어낸다
화전민이 살았던 집터

물청대 낀 돌절구에 정한수 한 그릇 증발 중이다

* 바랄 : 바다의 고어.
* 향로봉 : 치악산에 있는 산봉우리.

풍경의 소리

평생 떨어지는 소리로
살아가는 폭포는
산을 쪼개는 무늬다
절벽에서 자라는 긴 줄기
망설임 없이 뛰어내리는
낙하, 넘침의 소리다

강 하구에서 주워 온 수석水石엔
마르지 않는 폭포가 흐른다
눅눅한 습기가 사는 듯
오랜 멈춤에 든 건기의 휴면 계절인 듯
늘 같은 모양으로 흘러내리고 있다
돌의 문양은
그 돌의 숨결이라 했던가
물살이 키워 놓은 돌의 흰 무늬
물렁물렁한 물줄기가
그 어느 밧줄보다 질기다

흐르는 모양으로 굳은 소리

겨울 산 빙폭을 닮았다

한밤 저 검은 산의
폭포 소리가 들리는 듯하다
풍경으로 소리를 얻은 것에서는
길고 긴 시간이 박혀 있다
돌을 뒤집으면
흘러간 소리들이 천천히 되감길 것 같은,
지나간 어느 시간도
축축하게 되돌아올 것 같은

조율

　주위를 체온화하려 열을 내뱉는 난로의 열기는 저온에서의 열이 더 뜨겁다 위에서 수증기를 내뿜는 주전자는 뚜껑을 여닫으며 온도를 조절하고 덜어낸 한 컵의 뜨거움이 내 순환 계열을 달린다 그어진 안과 밖의 구역들은 언제부터인가 경직된 포장으로 넘나들었다 가끔 차오르는 열과 밀폐된 어둠 안에서 면적을 넓혀 가는 빙하의 조각들, 이 겨울 잎과 단절한 가지들은 회초리바람에 키를 세우며 새잎을 키우고 베란다의 다육들은 날마다 햇살의 길목에 엎드려 꽃을 피웠다 비단개구리 매운 배 갈라도 펄떡이던 부레같이 부풀어 오른 허파가 생각나는 밤, 밤새 시문을 두드리는 지문 자판 위에서 체온을 조절한다

겹침과 공명共鳴

홍 기 정(문학평론가)

1

영화 〈일 포스티노〉의 한 장면에서 시인 파블로 네루다는, 자주 자신의 우편물을 들고 찾아오는 우편배달부 청년이 시를 가르쳐달라고 부탁하자, 간단히 '시는 메타포이다'라고 말해준다. 메타포는 비유이다. 그것은 말하고자 하는 바를 직접 말하지 않고 다른 것으로 돌려 말하는 것을 의미한다. 이는 잘 알려진 시의 표현 기법 중 하나이면서 또한 시의 본질을 이루는 특징이기도 하다. 그런데 직접 말하지 않고 다른 것으로 돌려 말하는 비유의 특징은, 서로 무관하게 존재하던 대상들을 이어서 연결하는 성격을 갖게 된다. 개별적으로 존재하던 사물들은 시의 비유적 맥락 안에서 만나 하나의 의미로 이어지게 된다. 사물들의 도움을 빌어 말하는 비유의 기술은 이렇게 개별적인 존재들 간의 만남과 화친을 지향한다. 시를 메타포라고 말할 때, 메타포로서의 시가 갖는 본질적 특징의 하나는 이것이다. 이때 시는 만남을 가능케

하는 언어의 마술적 사용이 된다.

　김명린의 작품들은 이러한 메타포로서의 시의 특징을 성공적으로 구현하고 있는 한 사례에 해당한다. 그렇다고 그녀가 시에서 특별히 비유적 표현 방법을 많이 사용하는 것은 아니다. 그녀는 좀 더 개성적인 방법으로 시의 메타포적 본질을 구현해낸다. 그것은 다양한 대상들을 하나의 의미 맥락 안으로 끌어들여 병치시킴으로써 하나의 공통된 울림을 만들어내는 것이다. 「연」이라는 시를 보자.

　　　푸른색 바다 위로 여객선 한 척이 출발한다
　　　흰 포말이 그 뒤를 따라 길게 풀어진다

　　　망망대해에 떠 있는 배들은
　　　왕복이라는 실이 감겨 있어 돌아오지 않는 배는 없다
　　　간혹, 끊어진 연이 발견되기도 하지만
　　　나뭇가지가 바람의 그물이라면
　　　물의 그물에 걸려 오래 녹슬어 가는 배들도 있다

　　　양력의 힘을 묻히고 날아오르는 연
　　　멀어질수록 보이지 않는 힘
　　　허공이 감아 가는 실의 힘이 뭉쳐지는 곳에
　　　마침표 같은 한 점
　　　장력을 당기며 회항을 권해 보지만
　　　이미 실은 나침반을 벗어난 지 오래다

전화기 저쪽에 묶여 있는 말엔 잡음이 심하다
실 끊긴 여객선 터미널에서
바람이 묶일 때를 기다리는 저녁
목소리는 얼레를 감으며 다시 섬으로 돌아가고
캄캄한 것들은 다 어둠에 감겨 뭉쳐지고 있다

뱃길이 끊기지 않은 여객선 한 척이
흰 줄에 매달려 항구를 향해 날아든다

—「연」 전문

이 작품에서는 바다 위로 떠 가는 여객선과 하늘로 날아오른 연과 전화기 저 편의 사람이 병치되어 하나의 의미를 만들어낸다. 떠나간 여객선은 시간이 되면 돌아온다. 그러나 날아오른 연은 간혹 줄이 끊어지면 영영 돌아오지 않기도 한다. 그렇다면 전화기 저 편의 사람은 어떨까? 그는 떠나간 여객선과 같이 언젠가 다시 항구로 돌아올까 아니면 줄 끊어진 연과 같이 영영 돌아오지 않을까? 이 작품은 그 사람에 대해서는 많은 말을 하지 않는다. 그 사람이 누구인지, 무슨 사정으로 멀리 있는 것인지 말하지 않는다. 다만 잡음이 심하다는 것을 언급함으로써, 그와의 관계가 멀고 수월치 않음을 암시한다. 이 시는 그에 대해 이야기하는 대신 떠나갔다 돌아오는 여객선에 대해 이야기하고, 날아올랐다 끊어지기도 하는 연에 대해 이야기한다. 그러나 이 두 사물이 주는 암시는 모두 전화기 저 편의 사람과 관련된 한 지점으로 모인다. 마지막 부분의 "뱃길이 끊기지 않은 여객선 한 척이/ 흰 줄에 매달려 항구를 향해 날아든다"에서는, 전화기 저 편의 그 역시 여객선처럼 아주 가 버리지 말고 결국은 돌아오기를 바라는 화자의 바람이 나타나 있다. "캄캄한 것들은 다 어둠에 감겨 뭉쳐지고 있다"라는 구절은 이와 관련된 의미를 매우 감각적이면서도 깊고 풍부하게 만들어준다. 이것은 모든 것들이 결국은 떠나갔던 그곳으로 돌아오는 것이, 사물과 어둠의 매일의 관계에서 확인할 수 있는 자연의 섭리라고 말한다. 이는 마지막 구절과 마찬가지로 전화기 저 편의 그와 관련된 화자의 바람을 나타내는 것이겠으나, 좀 더 심오한 형이상학적 해석을 해볼 여지도 있을 것 같다. 어쨌거나 멀리 있는 누군가와 관련한 사정을 직접 드러내어 말하지 않고 다른 것들에 대한 언급을 통하여 간접적으로 드러내는 것, 이것이 「연」을 통하여 살펴볼 수 있는 김명린 시의 독특한 미적 특징이라고 할 수 있다.

흥에 겨운 한때
나비춤을 추고 있는 잿빛 장삼 자락에
속세의 가락이 묻어 있다
일탈이거나 변태이거나
거푸집에 들었던 몸의 의식이겠지

첫 비행 같은 어설픈 춤
스스로 바람이 되고 스스로 흔들리는 한때

나비가 활짝 피어난다
옆에 외벌을 두고
경직이 풀리는 시간
불경의 목청이 박혀 있던
목탁의 소리가 빠져나오고 있다
묵언과 고정의 고치를 깨고
여린 날개 한 벌이 퍼지고 있다
온도를 찾아가는 날개는
오감의 통로 하나 열고 있는 고행의 시간
저무는 공중길을 훨훨 날아간다

벗어 놓은 옷을 기억 못 하는 일탈은
돌아갈 곳이 없다

정갈하게 접어놓은 승가리 한 벌이
저녁 예불을 독촉한다
나비가 날아간 길을 지우며 들어서는 어스름이
목탁의 공명으로 들어가고 있다

—「어떤 일탈」 전문

「어떤 일탈」 역시 마찬가지의 면모를 보여준다. 이 작
품은 나비춤(절에서 재를 올릴 때 주는 법무法舞의 하나)을

추는 스님의 모습을 그리고 있다. 처음에는 춤사위가 익숙하지 않아 세속의 몸짓이 춤사위에서 묻어나지만, 시간이 지나면서 비로소 법무로서의 본모습이 나비춤 춤사위를 통해 나타난 모양이다. 이 시에서는 그 모습이, 고치 안에 갇혀 있던 나비가 비로소 고치에서 빠져나와 날개를 펴고 날아가는 모습과 겹쳐 그려져 있다. "첫 비행 같은 어설픈 춤/ 스스로 바람이 되고 스스로 흔들리는 한 때"는 아직 법무가 익숙하지 않은 스님의 춤사위를 나타내면서, 동시에 아직 큰 날개가 익숙하지 않은 갓난 나비의 어설픈 날갯짓을 나타낸다. "묵언과 고정의 고치를 깨고/ 여린 날개 한 벌이 펴지고 있다" 역시 마찬가지이다. 이 시의 여러 동작 묘사들은 이렇게, 스님의 나비춤 춤사위를 지시하면서, 동시에 나비가 고치에서 빠져나와 비행하기까지의 과정을 지시한다. 이렇게 하나의 그림으로 겹쳐 그려진 스님과 나비의 움직임들은 하나의 의미를 형성한다. 그것은 하나의 존재 상태에서 나와 승화된 다음의 존재 상태로 나아가는 것, 불교적인 의미로는 세속의 껍질을 벗고 나아 불성이 깨달음으로 나아가는 것이다. 그 불성의 깨달음을 목탁 구멍에서 목탁 소리가 빠져나오는 것으로 또한 표현하고 있는데, 이로부터 불성의 깨달음이라는 것이 외부에서 구하여지는 것이 아니라 자신의 내부에 본래 지니고 있던 것을 깨닫는 것이라는 의미가 강화된다. 시를 끝맺고 있는 "나비가 날아간 길을 지우며 들어서는 어스름이/ 목탁의 공명

속으로 들어가고 있다"라는 구절은 매우 감각적이다. 날이 어두워지는 시각 경험과 목탁 소리가 잦아드는 청각 경험이 공감각적으로 어우러져 있으며, 그 속에 세속으로부터 연을 끊고 나와 불도佛道의 세계로 귀의하는 출세간出世間의 의미가 녹아들어 있다.

2

앞에서 메타포로서의 시는 별개로 동떨어져 존재하는 다양한 사물들을 이어서 연결하는 성격을 갖는다고 했는데, 이와 관련하여 김명린의 작품들에서는 상반된 것들, 멀리 있는 것들이 조화롭게 어울려 있는 풍경 묘사를 자주 접할 수 있다. 그 중 가장 인상적인 사례를 「달의 씨앗」에서 찾아볼 수 있다. 바닷가 마을의 밤풍경을 그리고 있는 이 시는, 하늘과 바다와 나무가 어울리고 달과 물과 작은 생물들이 어울리는 조화로운 어울림의 진경을 보여주고 있다.

> 파도 소리가 밀려와 몇 그루 나무들이 밤하늘 별들을 쓸고 있는 해안가
> 밀려왔다 미처 돌아가지 못한 것들이 개펄에 든다
> 낱낱의 물들도 방향을 알고 흐름을 알아
> 홀로 들고 나는 물때를 본다
> 어떤 파동이 이곳까지 찰박거리는 물의 시간을 몰고 오게 했을까

민박집처럼 모여 있는 미루나무들
푸른 소리가 밀물처럼 든다
수백 개의 물길을 가지로 열어 두고
만조 쪽으로 귀를 기울이는 작은 잎사귀들
뱃길 끊기는 시간인 양 바람의 조바심이 수선스럽다
보고 배운 것이 들고 나는 물때뿐이어서
봄날엔 초록의 수문을 열어 두고
가을엔 갈색의 건기를 열어 놓는다
섬의 문들은 불빛을 방 안에 가두고
나뭇잎 제 몸 부딪치는 소리를 듣는 자정
잎끝에는 서서히 썰물이 빠져나가고 있다

밤은 개펄 물웅덩이마다 달을 심어 놓고
달의 씨앗 같은 조개들이 으적으적 모래 소리로 자란다
-「달의 씨앗」 전문

　이 시에서 「달의 씨앗」은 조개를 가리킨다. 개펄의 물
웅덩이에 달이 비쳐 있고, 그 비친 달 속에 작은 조개가
씨앗처럼 들어앉아 있어 조개를 「달의 씨앗」이라 부른
듯하다. 그 조개들은 파도에 밀려왔다가 미처 돌아가지
못한 것들이다. 그 난감한 처지의 조개들을 개펄이 품어
주고 또 달빛이 보듬어주고 있다. 날빛이 비지는 개펄
물웅덩이에 조개가 들어앉아 있는 모습은 새끼를 잉태
한 어미의 자궁을 연상시키기도 한다. 조개의 보조관념

이 씨앗인 것은, 조개에 새생명의 의미를 부여하려는 시인의 의도를 반영한다. 조개는 바다라는 근원이 되는 모체로부터 떨어져 나와, 개펄 물웅덩이라는 작은 모체의 품 안에서 다시금 숨쉬고 성장할 기회를 얻는다. 이는 생명에 관한 신화적 이해를 반영하기도 하지만, 그보다 이 시의 이미지 속에서 강조되는 것은 여리고 가여운 것을 돌보고 기르는 모성적 태도이다. 그것은 연민과 포용의 정서를 포함한다. 이렇게 개펄이 있는 바닷가 밤풍경을 통하여, 자연의 작은 자궁들 안에서 작고 여린 생명이 보금자리를 구해 숨쉬고 자라가는 모습을 아름답게 그리고 있는 것이 이 시이다.

그런데 여기서 눈여겨 볼 것은, 달이 비치는 개펄의 물웅덩이가 물과 흙, 빛과 어둠, 하늘과 지상이라는 상반된 것들의 어우러짐을 통해 만들어진다는 것이다. 물과 흙의 어울림은 개펄이라는 것의 성질 자체로부터 나타난다. 빛과 어둠의 어울림은 달빛이 있는 밤풍경을 통해 나타나고, 하늘과 지상의 어울림은 물웅덩이 속에 들어가 있는 달의 모습을 통해 나타난다. 조개는 그 모든 것의 조화로운 어울림 속에서 안락한 보금자리를 얻는다. 이는 아마도, 이러한 상반된 것들의 조화로운 어울림 속에서 새로운 생명의 가능성이 열린다는 시인의 인식을 반영하는 것 같다. 그런데 이러한 상반된 것들의 어울림은 개펄 물웅덩이라는 좁은 영역 안에서만 발견되는 것이 아니다. 그 좁은 영역을 벗어나 보다 크고 넓은 공간에서도 그러한 조화로운 어울림이 목격된다. 넓은 바다와 키 큰 미루나무들이 상호 조응하면서 만들어내는, 물웅덩이라는 작은 세계를 둘러싸고 있는 한층 커다란 세계의 모습이 바로 그러한 어울림을 보여준다.

그 커다란 세계에서 바다와 나무가 서로 조응하는 장면은 매우 재기 넘치는 상상력을 보여준다. 여기에는 의도적인 곡해가 들어 있다. “수 백 개의 물길을 가지로 열어두고/ 만조 쪽으로 귀를 기울이는 작은 잎사귀들/ 뱃길 끊기는 시간인양 바람의 조바심이 수선스럽다”라는 구절을 보자. 상식적인 얘기지만 밀물 때에는 바다에서 육지로 해풍이 분다. 따라서 바닷가의 나무들은 해풍에 흔들리는 가지와 잎 때문에 만조 때 수선스러워지게 마련이다. 그런데 시인은 이를, 늘 물을 바라보고 지내는 그 자신도 하나의 물길인 나무가(나무는 기본적으로 물이 이동하는 통로이다), 밀려들어오는 물의 흐름에 반응하여 조바심을 내어 수선스러워지는 것으로 표현하고 있다. “보고 배운 것이 들고 나는 물때 뿐이어서/ 봄날엔 초록의 수문을 열어두고/ 가을엔 갈색의 건기를 열어 놓는다”라는 구절에서는, 나무가 수분이 양을 조절하여 봄에 잎을 피우고 가을에 낙엽을 만드는 것을, 마치 밀물과 썰물의 흐름을 배우고 흉내내어 그리하는 것처럼 그리고 있다. “잎끝에는 서서히 썰물이 빠져나가고 있다”라는 구절에서도, 대기 중으로 수분을 내보내고 잎이 시들해지는 나무의 생리를 썰물이 빠져나가는 데 따른 아쉬

움 때문인 것으로, 또 그것을 흉내내어 따라하기 때문인 것으로 표현하고 있다.

바다와 나무 중 보다 크고 근원이 되는 것이 바다이기 때문인지, 살펴본 장면에서 바다와 나무의 조응 방식은 나무가 바다를 그리워하고 닮아가는 방식으로 되어 있다. 정신분석학에서 이야기하는 바다와 나무의 상징적 의미가 각각 여성적(모성적)인 것, 남성적인 것과 관련되어 있다는 점을 감안해보면, 이 시에서 나무의 수선거림은 마치 바다를 향한 나무의 연가처럼 보이기도 한다. 그것은 에로스적인 의미를 갖는 것이면서, 동시에 근원으로서의 모체에 가 닿고 싶은 열망을 나타내는 것이기도 하다. 어쨌든 이러한 측면과 관련해 「달의 씨앗」에서 주목할 것은, 두 차원의 세계에서 목격되는 분리된 것들의 조화로운 어울림이다. 그 어울림은 사랑 그리고 생명의 비밀과 관련된다는 점에서 에로스적인 것이라 할 수 있다. 그 두 차원의 세계는 하나가 하나를 감싸듯 하고 있어서, 결국 우리가 살고 있는 세상을 감싸고 있는 더 큰 차원의 세계에 대한 상상도 해보게 한다. 그것 역시도 그와 같은 분리된 것들의 조화로운 어울림으로 가득한 곳일 것이다. 이렇게 해서 분리된 것들의 어울림은 생명을 낳고 기르는 우주적 원리에 대한 상상으로까지 확장될 여지를 갖게 된다.

3

지금까지 살펴본 것처럼, 김명린의 작품에서는 두세 개의 사물들 또는 상반된 것들이 하나의 의미 맥락 안으로 들어와 연결되어, 말하고자 하는 바의 의미를 더욱 복잡하고 풍부하게 만드는 데 기여한다. 그런데 이렇게 해서 생성되는 하나의 의미는, 주로 고단한 삶을 살아가는 존재들을 향한 연민과 포용의 정서를 갖는 경우가 많다. 이것이 김명린 시에서 주목해야 할 또 다른 특징이다. 「달의 씨앗」에서도 그 사례를 찾아볼 수 있었거니와, 이는 자주 지친 존재들을 품어주고 위로해주려는 모성적 태도의 발현으로 나타난다. 우리 시에서 모성성의 발현은 이미 드문 미덕이 아니다. 그러나 김명린의 시에서 이 부분이 주목할 만한 것은, 그녀의 시에서는 최대한 대상 가까이 다가가 대상 자체를 이해하려는 공감의 노력이 매우 인상적으로 나타난다는 점이다. 「틈」이라는 작품을 통해 그러한 부분을 면밀히 살펴볼 수 있다.

　　겨울에서 봄으로 오는 길목의 샛바람은 옷섶을 파고든다
　　물은 논과 논 사이 농수로를 가득 채우며 흐르고 산소 옆
　　할미꽃은 영정 사진처럼 환하게 피었다 밭둑은 파릇한 색
　　으로 도배하고 있다 만종리 손씨 할머니 독거의 흙벽은 겨
　　울 칼바람 자국이 몇 줄 더 늘었다 양지쪽 흙을 물에 풀면
　　얇은 벽지가 된다 갈라진 벽을 매질하면 봄볕이 황토색으
　　로 달라붙어 말라 간다 다랑논마다 잠긴 수면에 바람이 들

때마다 할머니 이마 닮은 물주름이 진다 청상에 오래 가둬
진 고왔던 얼굴. 영정으로 남기려 사진사가 왔다 흙매질은
벽이 아니라 할머니 얼굴에 해야 되겠다는 농담에도 온 얼
굴의 주름들이 웃는다 따뜻한 볕매질이 틈을 메워 주고 장
독대 간장단지 실금에도 난꽃이 필 것 같다 세상의 모든
틈은 그 경사를 버틴 힘이다 몇 마디 주름진 안부가 왕복
하고 돌아오는 대답이 매끈하다

　눈물 담은 액자에 바람이 잠잠하니 주름은 저절로 싹 펴지
겠다 어우러지던 것들은 그림자처럼 얼룩으로 남고 김이 오
르는 벽 앞, 홀로 지을 웃음이 환하게 피는 봄날이다

－「틈」 전문

「틈」은 다락논이 있는 산골 마을의 한 독거 할머니가
영정사진을 찍는 모습을 그린 시이다. 영정사진 찍기는
아마도 독거노인을 위한 봉사활동의 하나인 듯하다. 그
리고 이 날은 영정사진을 찍는 것 외에 겨우내 갈라져
금이 간 집의 흙벽을 보수하는 일도 한 모양이다. 시 전
체의 내용은, 할머니가 사는 집 주변의 풍경과 봉사활동
과정을 묘사한 것으로 이루어져 있다. 갈라진 흙벽을 메
우고 영정사진을 찍는 모습, 안부와 농담을 주고받으며
웃음을 나누는 모습이 아름다운 활동사진의 한 장면처
럼 그려져 있다.
　이 시에서도 역시 앞서 살펴보았던 것과 같은 특징,

즉 다양한 대상들을 하나의 의미 맥락 안으로 끌어들여 병치시키는 방법으로 하나의 의미를 증폭시키는 것을 볼 수 있다. 할머니의 얼굴 가득한 주름, 할머니의 집 흙벽에 난 갈라진 틈, 물 댄 다락논의 표면에 생기는 물주름 등이 그것이다. 이 주름들과 갈라진 틈들은 그대로 독거의 삶을 사는 할머니의 외로움과 고단함을 가리킨다. 그러나 이 시에서 그보다 더 주목할 것은 흙담의 갈라진 틈을 메우는 '흙 매질'의 성격이다. 그것은 할머니의 삶의 고단한 주름들을 일시적으로나마 펴지게 만든다. 봉사활동의 메인 이벤트인 영정사진 찍기도 할머니의 주름 하나를 지우는 '흙 매질'의 일종이라고 할 수 있다.

중요한 것은, 갈라진 벽의 틈새를 매질하는 것과 관련된 묘사들이, 할머니를 향한 시인의 마음 작용(이것을 공감이라 부를 수 있는데)의 성격을 매우 감각적으로 보여준다는 것이다. "양지 쪽 흙을 물에 풀면 얇은 벽지가 된다 갈라진 벽을 매질하면 봄볕이 황토색으로 달라붙어 말라간다"라는 구절과 "따뜻한 볕 매질이 틈을 매워주고 장독대 간장 단지 실금에도 난꽃이 필 것 같다"라는 구절을 보자. 몇몇 재미있는 표현들이 우선 눈에 띈다. 벽에 덧칠해 바르기 위해 물에 푼 흙을 '얇은 벽지'라고 표현한 것도 재미있고, 젖은 흙이 봄볕에 말라가는 것을 "봄볕이 황토색으로 달라붙어"라고 표현한 것도 재미있다. 또 간장 단지의 난초 문양에 이어져 생긴 듯한 실금

을 꽃대궁에 빗대어 거기에 "난꽃이 필 것 같다"고 한 것
도 재미있다.(아마도 그 실금도 황토 물흙으로 길게 칠해 메
운 것 같다) 그러나 무엇보다도 인상적인 것은, 벽에 발라
진 물흙이 벽의 갈라진 틈새에 스며들어가 마르면서 틈
을 메우는 과정 자체가 대상을 향해 최대한 다가가 대상
의 속까지 이해하려는 시인의 공감 태도를 섬세하게 보
여주는 듯하다는 점이다. 그것은 대상에 가까이 다가가
삼투하여 공명하고자 하는, 대상과 일치된 수준에서 대
상을 이해하고 보듬고자 하는 시인의 마음 자세를 보여
준다.

　이와 유사한 표현을 「담쟁이의 건축법」에서도 찾아볼
수 있다. 이 시는 담쟁이 넝쿨이 벽을 타고 올라가 자라
있는 모습을 그리고 있는데, 넝쿨 줄기의 중간 중간에
달려 있는 흡반(뿌리)이 벽을 붙들고 있는 것을 "자신의
수액을 벽에 주며/ 흡착되어 하나가 되는 수분주입 공
법"이라고 표현하고 있다. 보통의 뿌리처럼 수분을 모아
끌어오는 것이 아니라, 오히려 자신의 수분을 마른 벽에
주면서 그것과 한 몸처럼 붙어 있으려 하는 모습은, 「틈」
에서 갈라진 벽의 틈새에 발라진 물흙이 마르면서 그 틈
새를 메우고 스스로 벽의 일부가 되는 것과 닮아 있다.
이러한 관찰과 상상은 대상과의 관계맺음에 있어서 시
인이 선호하는 방식이 어떠한 것인지를 보여준다. 그것
은 공감이라는 말로 요약할 수 있다. 그것은 나를 기준
으로 두고 대상을 끌어들이는 방식이 아니라, 나를 대상

에 일치시켜 가는 방식으로 대상에 다가가 대상을 이해
하는 것이다. 마치 물흙이 벽의 갈라진 틈새에 스며들듯
이 그리고 넝쿨이 흡반을 이용하여 마른 벽에 흡착하듯
이, 시인은 자신을 지우고 최대한 대상에 가까이 다가가
그 내부에서 대상을 들여다보고 이해하려 한다.

4.

　지금까지 크게 두 가지 측면에서 김명린의 작품들을
살펴보았다. 하나는 미적 방법론의 측면으로서, 말하고
자 하는 바를 직접 말하지 않고 다른 것을 통해 돌려 말
하는 메타포적 성격에 관한 것이었다. 특히 여러 사물들
을 하나의 의미 맥락 안으로 끌어들여 중첩된 울림을 만
들어내는 독특한 방법에 주목했었다. 다른 하나는 내용
의 정서적 측면으로서, 고단한 존재들을 향한 연민과 포
용의 정서가 모성적 태도와 함께 나타난다는 것이었다.
여기서는 특히 대상 가까이 다가가 대상을 이해하려 하
는 공감의 태도에 주목했었다. 이제 마지막으로 이 시집
에 수록된 작품들 중 난해하면서도 인상적인 작품 하나
를 살펴보고 글을 마무리짓도록 하겠다. 「사마 문자」가
해당 작품인데, 이 작품은 김명린 시의 방법론적 특징을
지적하는 자리에서도, 정서적 특징을 지적하는 자리에
서도 관련시켜 이야기할 수 있겠으나, 특별히 시인의 정
체성과 관련된 자화상적인 성격을 갖는 것으로도 볼 수
있기에 독립된 장에서 따로 다룬다.

낙타의 등에 바람이 스친다
바람의 방향을 따라 눕는 털
사라진 경계들은 능선으로 누워 있고
지명을 우물거리는 턱뼈는
모래 거품이 묻어 있다
물소리가 말라 있는 곳
폭염의 발자국이 찍힐 때마다
파문의 무늬가 출렁거린다
순종의 유전자를 깜빡거리는 눈은
오래된 길의 안내문을 읽는다
바람의 문자들은
낙타들만이 읽을 수 있는
물 냄새가 가득한 상형문자
폭염을 싣고 한 무리 낙타들이
나무들처럼 등성이에 선다

하붑이 몰아쳐
얕은 수심의 책장을 넘기면
얇은 루사에 묻혔던 걸음들이
회오리바람에 실려 물기둥처럼 솟아오른다
희끗희끗한 이정표가 된 낙타 뼈의 이야기를
낙타는 바람에게 구술한다

바람의 문장이 완성되길 기다리는 무릎은
굳은살로 박히고

등에는 불룩한 자등명自燈明이 얹혀져 있다

—「사막 문자」

이 작품에는 사막을 걸어가는 낙타가 있고, 사막에 죽어 누워 있는 낙타의 뼈가 있고, 그리고 바람이 있다. 그런데 바람은 문자를 담고 있다. 그것은 "물냄새가 가득한 상형문자" 곧 물이 있는 곳을 알려주는 정보이다. 그 문자는 오래된 문자이다. 이 시에서는 죽은 낙타의 뼈가 이정표의 역할을 한다고 되어 있는데, 그렇다면 아마도 바람의 문자는 그 죽은 낙타로부터 연원한다고 할 수 있을 것 같다. 사막을 걷는 낙타는 바람 속에 깃든 문자, 오래 전 그곳을 걷다 죽은 낙타가 풀어놓은 문자들을 바람을 통해 전해 들으며 걷는다. 낙타는 그 바람의 문장이 완성되길 기다리며 자신의 등에 자등명을 얹고 걸어간다.

수수께끼 같은 이 시의 내용은 마지막 구절의 '자등명'이라는 단어 때문에 불교적으로 해석할 수 있는 여지를 갖는다. 자등명은 죽음에 임박한 석가모니의 마지막 가르침에 나오는 말이다. 그 가르침의 내용은 자등명自燈明·법등명法燈明으로 요약되는데, 자기를 근거로 하여 다른 것을 규정하지 말고, 자기 스스로를 등불로 하고, 법을 등불로 하여 살아가라는 뜻이다. 이 점을 참고한다면, 이 시에서 죽은 낙타는 석가모니, 바람에 실린 죽은 낙타의 이야기(문자)는 그의 가르침, 사막을 걸어가는 낙

117

타는 그 가르침을 따르는 구도자를 의미하는 것으로 볼
수 있다. 즉 이 시는 석가모니의 가르침을 따르는 구도
자의 모습을, 사막 안의 낙타와 낙타 뼈와 바람이 어우
러지는 풍경을 통해 그려내고 있는 것이다. 사막을 걷는
낙타의 이미지에, 고행을 통해 깨달음을 추구하는 구도
자의 이미지를 숨은 그림으로 그려 넣은 것이 인상적이
다.

그런데 이 시를 꼭 불교적으로만 이해할 수 있는 것은
아니다. 이 시에서 사막을 걷는 낙타, 수행을 하는 구도
자는 그대로 시의 길을 가는 시인으로 바꿔 이해할 수
있다. 만약 사막을 걸어가는 낙타를 시인이라 한다면,
그는 과거에 존재했던 낙타들(시의 선구자들)이 풀어놓은
문자들을 바람을 통해 전해 듣고서 그 길을 가는 것이
다. 시란 무엇인가, 시의 길이란 무엇인가, 시인의 길이
란 무엇인가 등과 관련된 이야기들이 그 바람 속에 담겨
진 문자들의 내용일 것이다. 모든 이야기를 들을 수는
없다. 시인은 인연이 닿는 바람 속의 이야기만을 들을
수 있고, 그것을 이정표 삼아 참고하여 자기 자신의 길
을 선택해 걸어가는 것이다. 구도자와 마찬가지로 그에
게도 역시 자등명이 필요한 것이다. 이처럼 이 시는 시
인의 길에 관한 이야기 혹은 시인의 자화상으로 읽을 수
도 있다.

김명린 시인이 사막을 걸어가는 낙타의 모습을 정말로
시인으로서 자신의 자화상과 같이 여긴다면, 그가 어떠

한 바람 속 문자에 귀 기울이며 걷고 있는지 짐작해볼 수도 있다. 이미 존재의 문제와 관련된 독한 회의를 품고서 아라비아의 사막으로 걸어 들어갔던 시인을 우리는 알고 있기 때문이다. 「어떤 일탈」이나 「달의 씨앗」에서 그 일면을 살펴볼 수 있었지만, 김명린 시인의 많은 작품들 속에는 생명과 존재의 근원에 대한 진지한 추구가 담겨져 있다. 때로 그것은 불교적 색채를 띠기도 하지만 이미 자등명에 의지하기로 마음먹은 시인이라면 주어진 길에 의지하기보다 자신의 길을 개척해 나가고자 할 것이다. 자등명에 의지하여 자신의 길을 걸어가는 시인이 어떤 발자국을 찍으며 어떤 장소에 이르게 될 지 궁금하고 기대가 된다.